LONG

WAY

DOWN

롱 웨이 다운

롱 웨이 다운
LONG
WAY
DOWN

제이슨 레이놀즈 글 | 대니카 노프고로도프 그림 | 전하림 옮김

F 그래픽 컬렉션 Graphic Novel

롱 웨이 다운 *Long Way Down*

펴낸날 초판 1쇄 2022년 5월 10일

지은이 제이슨 레이놀즈 | **그린이** 대니카 노프고로도프 | **옮긴이** 전하림 | **펴낸이** 신형건

펴낸곳 (주)푸른책들·**임프린트** 에프 | **등록** 제321-2008-00155호

주소 서울특별시 서초구 양재천로7길 16 푸르니빌딩 (우)06754

전화 02-581-0334~5 | **팩스** 02-582-0648

이메일 prooni@prooni.com | **홈페이지** www.prooni.com

인스타그램 @proonibook | **블로그** blog.naver.com/proonibook

ISBN 978-89-6170-866-1 03840

F Fall in book, Fan of literature. 에프는 종이책의 새로운 가치를 생각하는 푸른책들의 임프린트입니다.

에프 블로그 blog.naver.com/f_books

전국 구치소에 있는 우리 모든 동생들을 위해.
내가 만나 본 친구들뿐만 아니라
아직 만나지 못한 친구들도,
당신은 사랑받고 있습니다.
– 제이슨

젊은 예술가와 작가들,
정의를 위해 일하는 모든 활동가들을 위해.
당신의 이야기를 들려주세요.
– 대니카

롱 웨이 다운

LONG
WAY
DOWN

요즘 사람들은 어떤 것도 잘 믿지 않는다.

여태껏 이 이야기를 아무한테도
하지 않은 것은 바로 그 때문이다.

어쩌면 당신도 믿지 않을지 모른다. 내가 거짓말을 한다고,
내 정신이 어떻게 되었다고 생각할지 모른다.
그렇지만 확실히 말하건대…

이 이야기는 실화다.

진짜로 내가 겪었던 일이다.

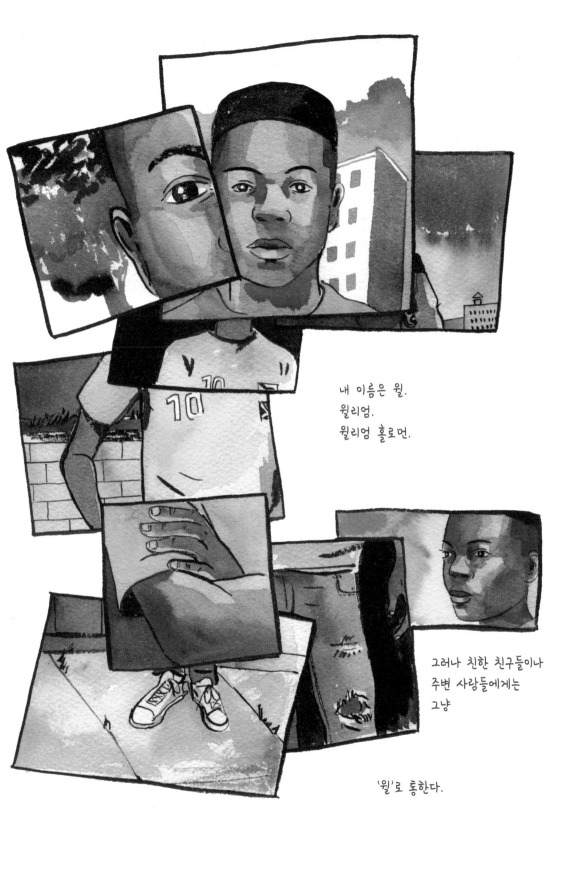

내 이름은 윌.
윌리엄.
윌리엄 홀로먼.

그러나 친한 친구들이나
주변 사람들에게는
그냥

'윌'로 통한다.

타양

사람들은
모두
부리나케
튀어
몸을 숨기고
바짝 엎드렸다.

우리는 일제히 평소
훈련받은 대로 움직였다.

난 입술을 땅바닥에 대고 속으로
기도했다. 저 탕 소리가, 그리고 뒤이어
날아드는 총알이···

···우리에게 와서 맞지 않기를.

늘 그렇듯 토니와 나는
숨죽여 기다렸다.

이 소동이 어서 가라앉기를.

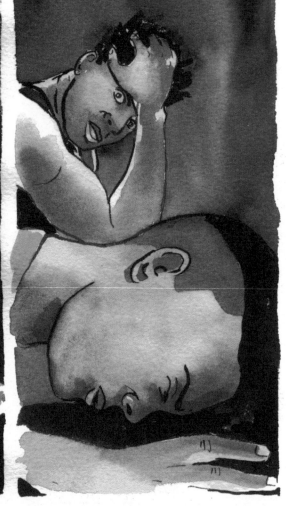

드디어 잠잠해졌다 싶었을 때
우리는 고개를 들어 주위를 살폈다.

이번에

총에 맞은 사람은

딱 한 명.

그렇다.
바로 그저께

손 형이 총에 맞았다.

아-아-아-아-아-악

그렇게
살해 당했다.

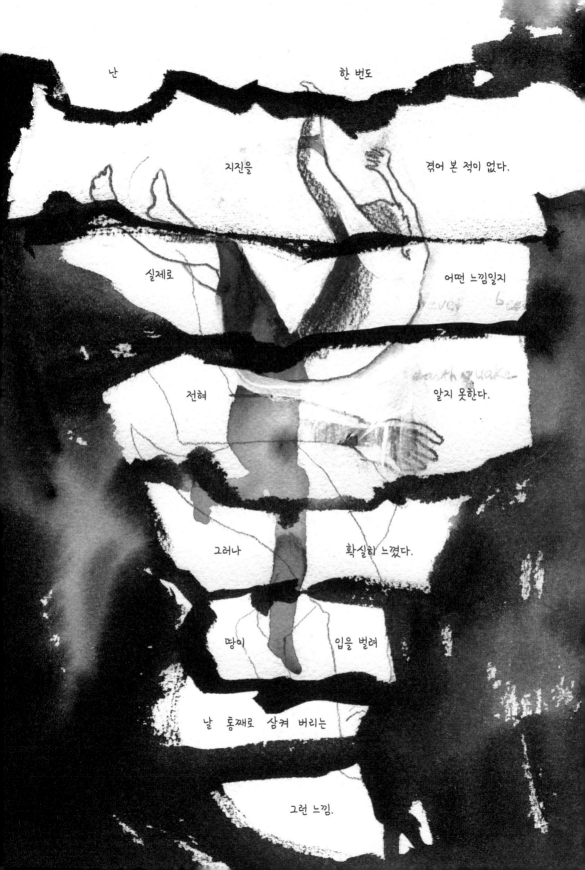

난   한 번도

지진을   겪어 본 적이 없다.

실제로   어떤 느낌일지

전혀   알지 못한다.

그러나   확실히 느꼈다.

땅이   입을 벌려

날 통째로 삼켜 버리는

그런 느낌.

난 당신이 누군지 모른다.
당신의 이름도,
성도 모른다.

그러나
형제나
자매,
엄마나
아빠,
사촌이
　　당신에게도 있다면

형이나
누나, 동생,
삼촌,
이모, 고모 같은
　　사람이 있다면

엄마
그리고 아빠,

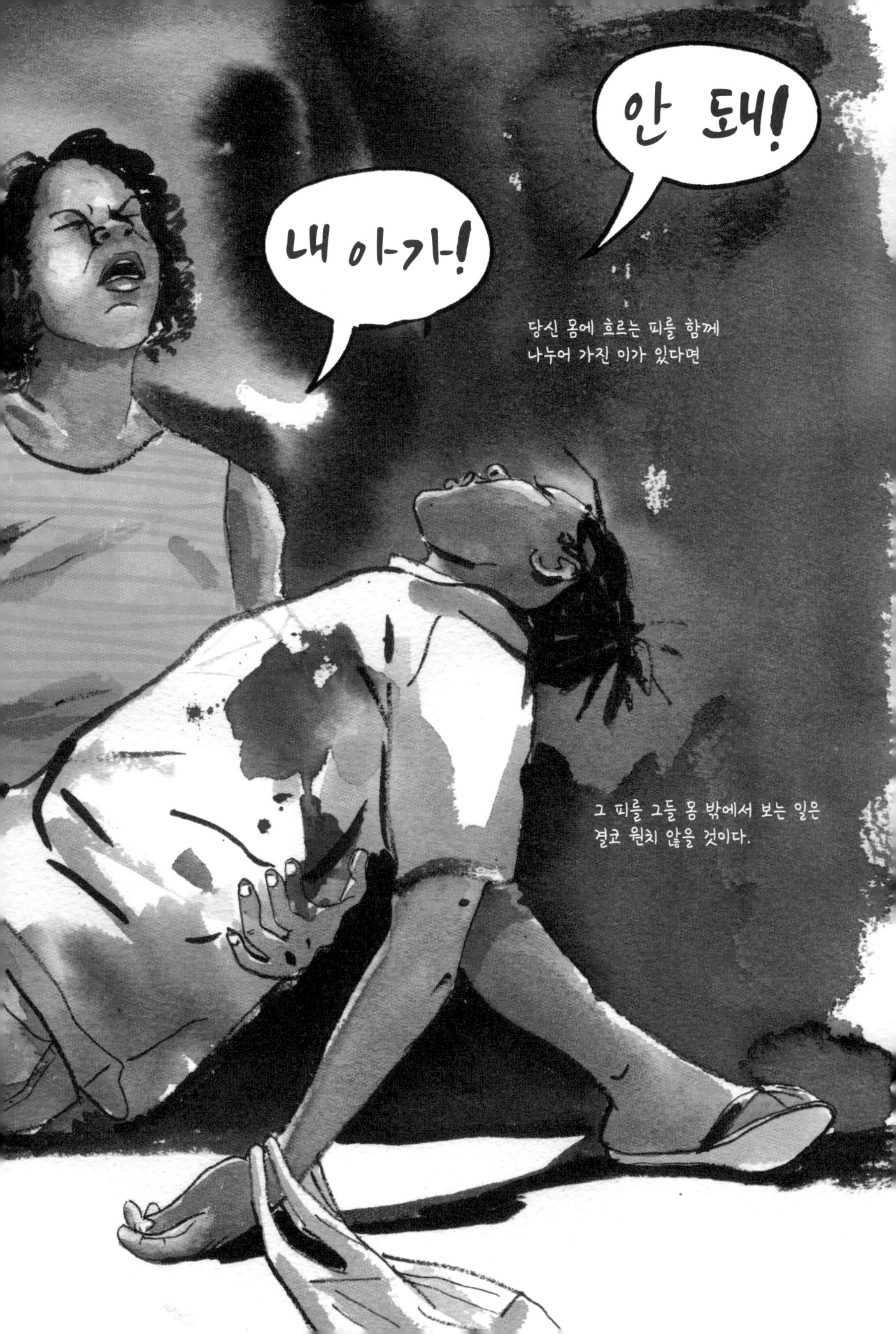
내 아가!
안 돼!
당신 몸에 흐르는 피를 함께
나누어 가진 이가 있다면
그 피를 그들 몸 밖에서 보는 일은
결코 원치 않을 것이다.

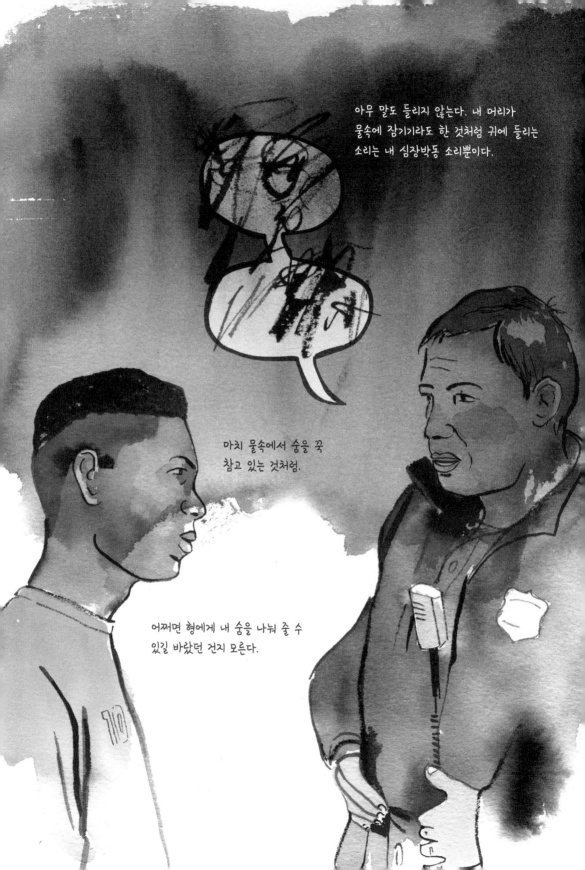

아니면
어떻게든 함께

가고 싶었는지도.

저 비닐봉지 안에는
엄마가 습진 때문에 쓰는
특별한 비누가 들어 있다.

엄마는 살에서 피가
날 정도로 긁고 또
계속 긁었다.

엄마를 괴롭히는,
그 눈에 보이지 않는 몹쓸 것을
원망하면서.

어쩌면 우리 모두를 고깃덩어리처럼
삼켜 버리려는

보이지 않는 뭔가가

정말 있는지 모른다.

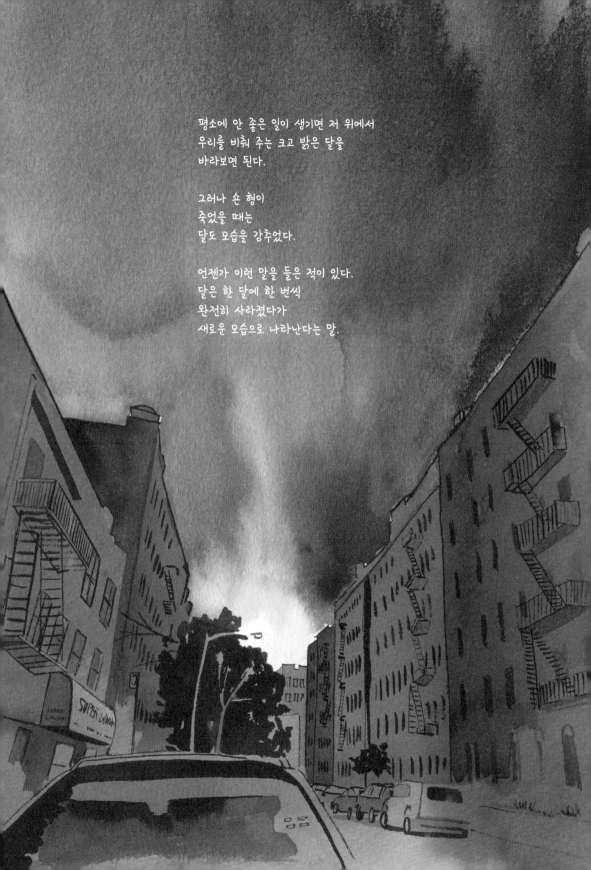

평소에 안 좋은 일이 생기면 저 위에서
우리를 비춰 주는 크고 밝은 달을
바라보면 된다.

그러나 손 형이
죽었을 때는
달도 모습을 감추었다.

언젠가 이런 말을 들은 적이 있다.
달은 한 달에 한 번씩
완전히 사라졌다가
새로운 모습으로 나타난다는 말.

한 가지 단언컨대,

달이 이 아래 세상에 살지 않는 건 천만다행이다.

여기선 아무것도

새로워질 수가

달칵!

없으니까.

울고 싶었다.
마치 내 얼굴 뒤에 다른 누군가가
갇혀 있는 느낌이었다.

흑흑.

아주 작은 주먹들이 내 눈알을 수없이
때리고 내 목구멍을 마구 발로
차대는 느낌이었다.

그렇지만 우는 것은
원칙에 어긋난다.

약해져선 안돼.

원칙

세 가지 원칙

첫 번째: 울기

금지.
무슨 일이 있어도.
절대 금지.

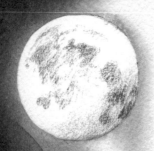

두 번째: 믿고

금지.
무슨 일이 있어도.
절대 금지.

세 번째: 복수

내가 사랑하던 사람이 누군가에게
죽임을 당했다면

그 범인을 반드시
찾아낸
다음···

밤 11시 32분

이 원칙을 만든 건 우리 형이 아니다.
형 친구들이나, 우리 아빠나, 아빠의 형도 아니다.

길거리에 있는 행인들도, 건달들도, 깡패들도 아니다.

물론 나도 절대 아니다.

이제 와서 손 형이 원래 바른생활
사나이였던 것처럼 미화시키지는 않겠다.

형이 열여덟 살 되던 해부러
엄마는 늘 입버릇처럼 형을 향해 말했다.

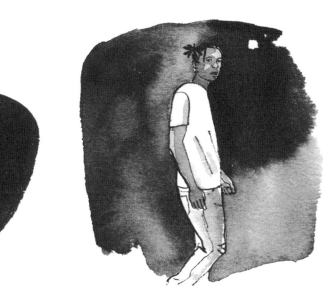

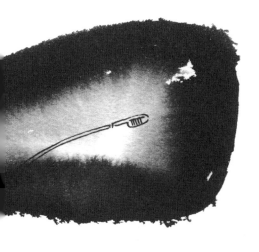

그

전에는

그렇지

앉았다.

내가 열두 살, 형이 열여섯 살일때만 해도
우리는 지쳐 잠들 때까지 방에서
함께 이야기를 나누곤 했다.

형은 나한테 여자애들 이야기를
털어놓았고, 나는 상상으로 지어낸
여자애들 이야기를 했다.

TUPAC

그러면 형은 내 말이 모두 진짜인 것처럼
들어주었다. 순전히 내 기분에 맞춰 주려고.

때로 형은 비기와 투팍이 왜 최고의
래퍼인지를 놓고 열변을 토하곤 했다.

그러면 난 그 두 사람이 단지 이 세상에 없다는
이유로 그런 평가를 받는 건 아닐까 궁금해졌다.

사람들은 언제나 죽은
사람들에게 더욱 큰 애정을
느낀다.

캐논.
스트랩.
피스.
비스킷.
버너.

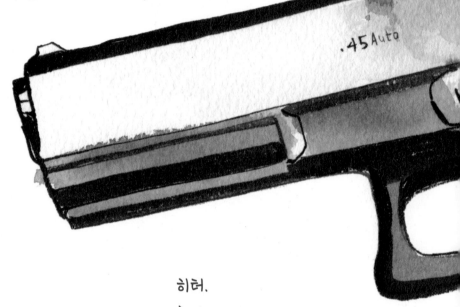

.45Auto

히터.
초퍼.
갯.
해머.
연장.

＊ 권총을 지칭하는 속어들.

세 번째 원칙을 위해

내가 다다른 결론은···

칼슨 릭스.

우리 동네에서 그 형은 겉은
경찰차 사이렌만큼이나 시끄러운데,
속은 이름만큼이나 무른 캐릭터로 통했다.

사람들은 릭스 형이 덩치가 작아서 그렇게
쓸데없는 말을 많이 지껄이는 거라고 말했지만,
내 생각은 좀 다르다. 그 형은 어렸을 때
엄마가 시켜서 체조를 했는데, 남자가 타이츠를
입고 재주넘기를 하려면 최소한 자기 자신은
스스로 지킬 줄 알아야 했을 거다.

혹은, 최대한 겉으로라도 그렇게 보여야 했겠지.

릭스 형과 숀 형은 친구였다.

릭스 형이 숀 형에게
해 준 일 중에 가장 잘한 일은
철봉에서 재주넘기하는 법을
가르쳐 준 거다.

손을 너무 일찍 놓으면 얼굴이
먼저 땅에 박힌다.

그렇다고 손을 너무 늦게
놓으면 등이 먼저
땅에 떨어진다.

두 발로 안전하게 착지하려면 타이밍을 아주 잘 잡아야 한다.

숀 형은 내게 완벽한 타이밍을 가르쳐 주었다.

릭스 형이 숀 형에게 한 일 중에 가장 나쁜 일은

총으로 형을 쏜 것.

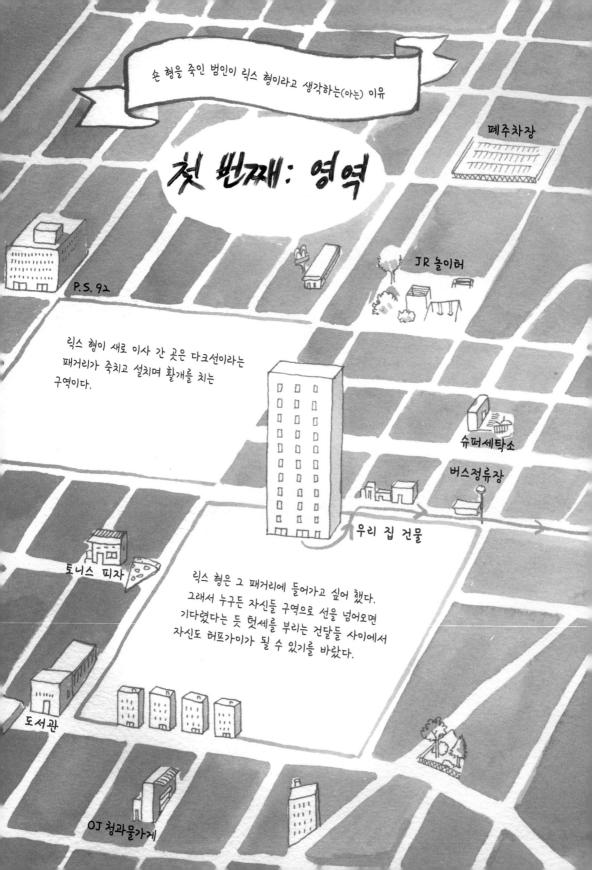

그 구역은 우리가 사는 건물에서
아홉 블록 떨어져 있는데, 문제의
그 가게가 바로 그 구역 안에 있다.

그 가게

다크선

건너지 마시오.

침례교회   성당

엘리스 식품점

카리브
베이커리

저렴 약국

바로 그저께 엄마가 숀 형에게 사오라고
시켰던 그 특별한 비누를 파는 가게.

할인 마트

내가

먼저

된다.

나서서

당하게

내가   본때를

바로   보여

그때는   주지

않으면

두 번째:
TV 수사물

나는 어려서부터 엄마랑 같이 TV 수사물을
즐겨 보았다.

그리고 늘 경찰보다 훨씬 앞서 범인을 찾아냈다.

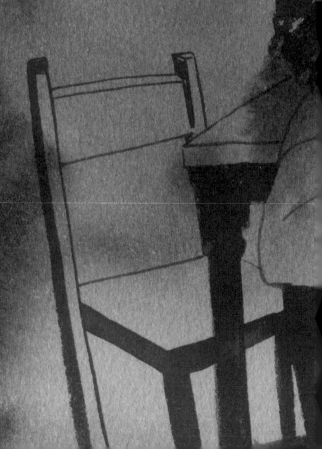

세 번째:

그래야만 하니까.

나는 한 번도 총을 손에 쥐어 본 적이 없다.

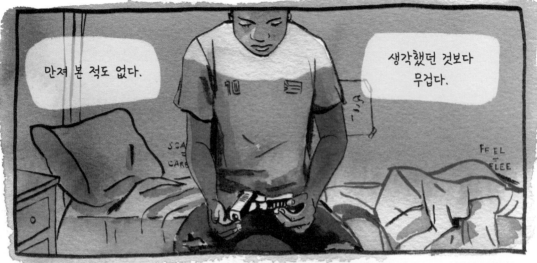

오전 5시 32분 55초

나는 손가락을 펴서 총의 손잡이
부분을 감쌌다. 형 손에 내 손을
나란히 포개어 잡듯,

큰형 손을 한 번 더 잡아 보려고
손을 뻗는 어린 동생처럼.

오전 8시 41분 16초

형은 내 손을 꼭 잡고 가게에
데려가거나 철봉에서 재주넘는
법을 가르쳐 주었다.

손을 너무 늦게 놓으면 등이
먼저 땅에 떨어지고.

손을 너무 일찍 놓으면 얼굴이
먼저 땅에 박힐 거야.

두 발로 안전하게 착지하려면
타이밍을 아주 잘 잡아야 해.

나는 계획을 세웠다.

나는 아침 시간이 가장 안전할 거라고 판단했다.
타이밍을 잘 맞춰 가면 패거리들이 아직
밖에 나와 있지 않을 테니까.

날 의심하는 사람은 아무도 없을 것이다. 아래층에서
초인종을 누르면 릭스 형이 밑으로 내려와

문을 열어 줄 거다. 그러면 재빨리
셔츠를 끌어당겨 내 얼굴을 가리고

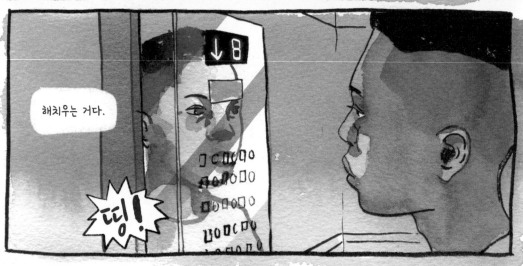

해치우는 거다.

띵!

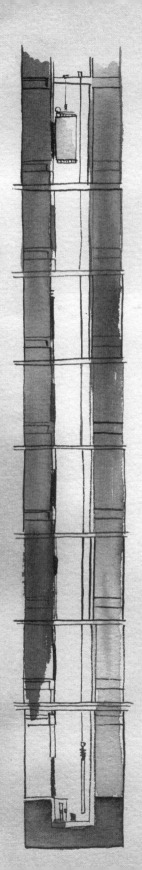

금연구역

CAPACITY 2000 LBS

CITY ID NO. 3P577Q

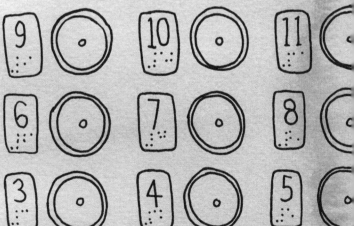

오전 9시 8분 2초

모르는 사람이
자꾸만
나를
몰래
흘끔흘끔
쳐다보는 것
같아
신경이
쓰인다.

혹시 저 아세요?

너 나 정말 모르겠어?

네, 모르겠는데요.

*Rest In Peace(편히 잠드소서). 고인의 명복을 빌 때 사용하는 표현.

그럴 리가 없어.

설마 그럴 리가.

벅 형?

그렇다고 쓰여
있으니 그렇겠지?

그럴 리가.

설마 그럴 리가.

그렇지만 나는···

나는 눈을 비비고,

    비비고,

        비비고,

    비비고,

또 비볐다.

뭔가에 홀린 것처럼.

나는 담배도 피워
본 적이 없는데.

마약에 손댄 적 또한 없고.
환각제에 손댄 적은 더더욱 없고.

아무리 그래도, 죽은 사람하고
대화하는 건 말이 안 되는
일이잖아?

네, 맞아요.

난 속으로 바라고 있었다.
"실은 나 안 죽었어.
사실 죽은 척했던 거야."

이런 대답을
들을 수 있길.

아니면 갑자기 잠에서 깨어나길.
일어나 침대에 똑바로 앉아 보니
총은 얌전히 베개 밑에 놓여 있고,
엄마는 아직도 부엌 식탁에
엎드려 잠들어 계시길.

부디 꿈이기를.

죽은 거 맞아.

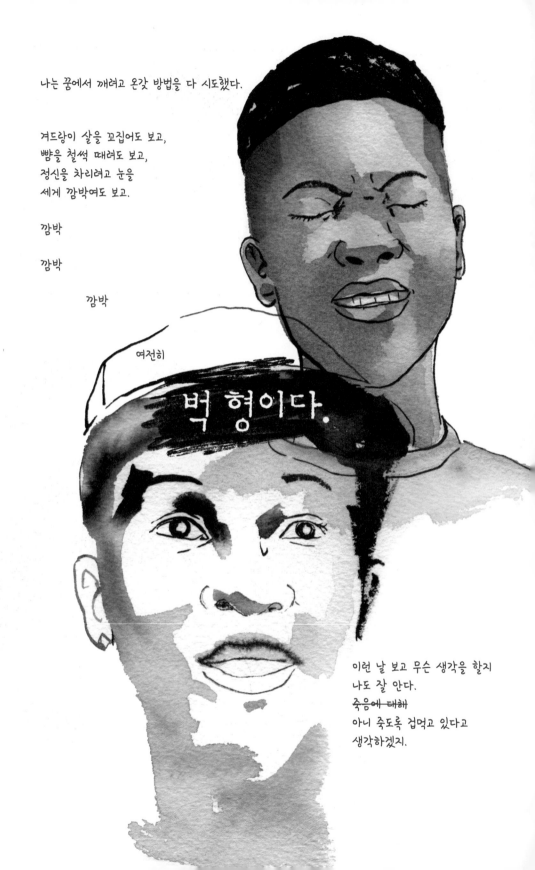

나는 꿈에서 깨려고 온갖 방법을 다 시도했다.

겨드랑이 살을 꼬집어도 보고,
뺨을 철썩 때려도 보고,
정신을 차리려고 눈을
세게 깜박여도 보고.

깜박

깜박

깜박

여전히

벽 형이다.

이런 날 보고 무슨 생각을 할지
나도 잘 안다.
죽음에 대해
아니 죽도록 겁먹고 있다고
생각하겠지.

하지만 두려워할 필요는 전혀 없다.
벅 형은 내가 어릴 때부터 알고 지낸
형이다. 숀 형이 유일하게 큰형처럼 믿고
따랐던 사람이다.

사실 나보다는 숀 형이 벅 형과
더 친했다. 우리가 아버지를 알고
지낸 세월보다 숀 형이 벅 형과
지낸 세월이 더 길 정도로.

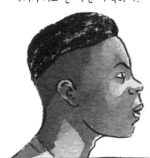

솔직히 거짓말이다.
난 엄청나게 두려웠다.
만약 벅 형이 나를
데려가려고 온 거면 어떡하지?

내 숨을 앗아 가려고 온 거면
어떡하지?

그런데 여기엔
왜 왔어요?

그래서 참 다행이에요.
마침 꼭 필요했거든요.

바로 어젯밤에요.
가게에서 나오는 형을
누군가 따라왔고, 방심하고
있던 틈을 타 형 가슴에
총을 쐈어요.

쏜 형이 죽었어요.

하지만 난 그게 다
다크선 짓이라는 걸 알아요.
릭스 형이랑 그 패거리들
짓이에요.

틀림없어요.

그렇구나.
그래서 네가
뭘 어쩔
생각인데?

당연히 해야 할 일을
해야지요. 벅 형도
나 같은 상황이었다면
똑같이 했을 거예요.

원칙은 지켜야 하니까요.

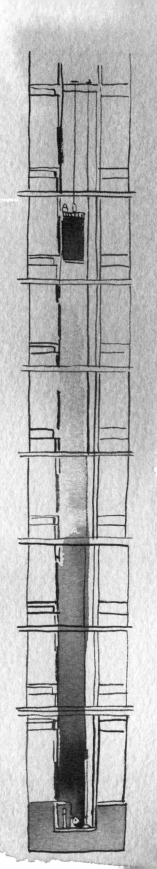

금연구역

CAPACITY 2000 LBS

CITY ID NO. 3P577Q

여자다.

쉬이익

마치 하늘에서 강림한 듯.

럽럽한
담배 연기를 뚫고
달콤하고
싱그러운
향수 냄새가
코를 간질인다.

↓ 6

엘리베이러 안에서
담배를 피워도 되는 줄은
몰랐네요.

이 연기가···
보이세요?

크.

어···
당연하죠.

이 여자 눈에도 보인다.
이 여자 눈에도 보인다?
이 여자 눈에도 보인다!

아주 자욱한걸요.

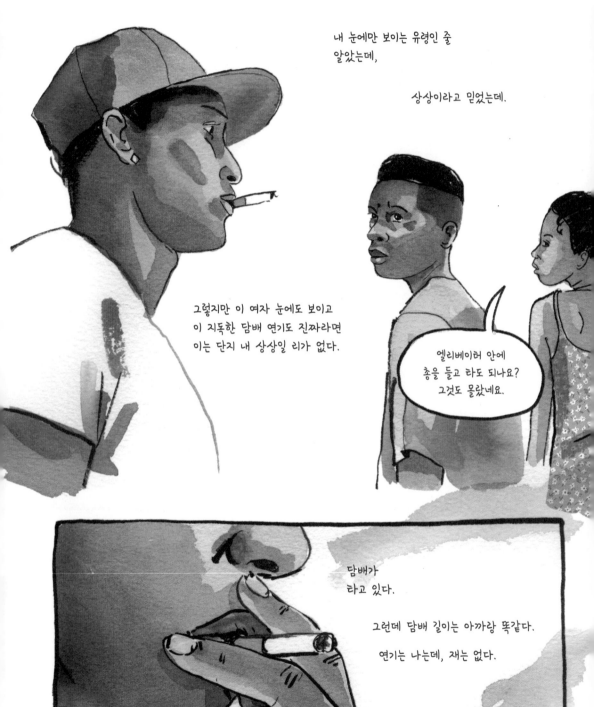

내 눈에만 보이는 유령인 줄
알았는데,

상상이라고 믿었는데.

그렇지만 이 여자 눈에도 보이고
이 지독한 담배 연기도 진짜라면
이는 단지 내 상상일 리가 없다.

엘리베이러 안에
총을 들고 라도 되나요?
그것도 몰랐네요.

담배가
라고 있다.

그런데 담배 길이는 아까랑 똑같다.

연기는 나는데, 재는 없다.

손 형이 항상 하던 말이 있다.
모르는 여자가 나를 잘 알고 있다고 말한다.
그것은 그 여자가 나를
한동안 유심히 지켜보고 있었다는
뜻이라고.

손 형은 아마 그것도 벅 형에게서 배웠겠지.
아무튼 그 말이 사실이면 좋겠다.

대니였다. 대니.
옛날 여덟 살 적
얼굴에
8년의 시간이 더해진,
그러나 여전히

같은 얼굴.

맹세컨대 신이 이따금씩
자신의 자녀들 사진을

맛보기처럼 휙휙 보여 주는 듯한
느낌을 받을 때가 있다.

어색하거나 혹은
눈부시거나,

지갑 깊숙이 간직했던 사진들을
온 세상이 볼 수 있게.

하지만 세상은
　　　좀체 눈여겨보려 하지 않고,

신은 극성 부모와는
거리가 멀다.

그래서 신은 사진을 곧장
　　　다시 집어넣고 지갑을

접어 버리고 만다.

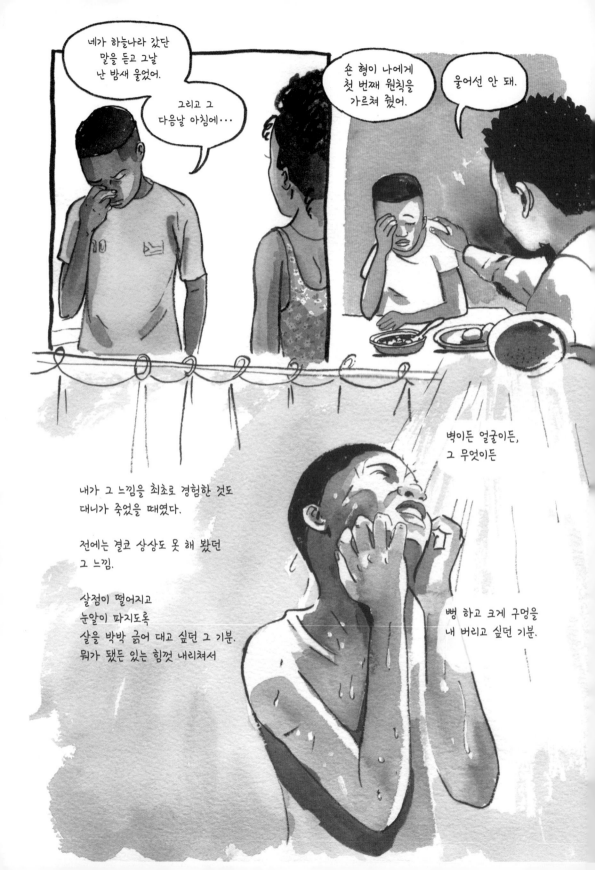

대니는
그 원칙에 대해
알기도 전에 죽었다.

그래서 나는 차근차근 설명해 주었다.
대니가 나를 무턱대고 아무 원칙이나
따르는 머저리라고 생각하면 안 되니까.

서로 해코지하려 안달 난
그저 한 명의 건달로 생각하면 안 되니까.

내게는 그럴 만한 이유가
있어서라는 걸.

내가 이러는 건
가족을 위해서라는 걸.

그리고 우리가 어렸을 때
이 원칙을 알았다면 그때도
내가 똑같이 행동했을 거라는 걸.

대니를 위해서.

그런데

만약

빗나가면

어떡해?

한 대 줄까요?

너 담배 피워?

고맙습니다.

너 총 쏴?

띵!

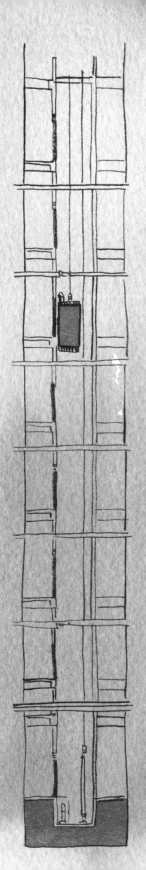

금연구역

CAPACITY 2000 LBS

CITY ID NO. 3P577Q

엘리베이터 문이 열렸을 때,
나는 담배 연기가 바로
빠져나가리라 생각했다.

그러나 엘리베이터 안의 연기는
그대로 자욱하게 남아 있었다.

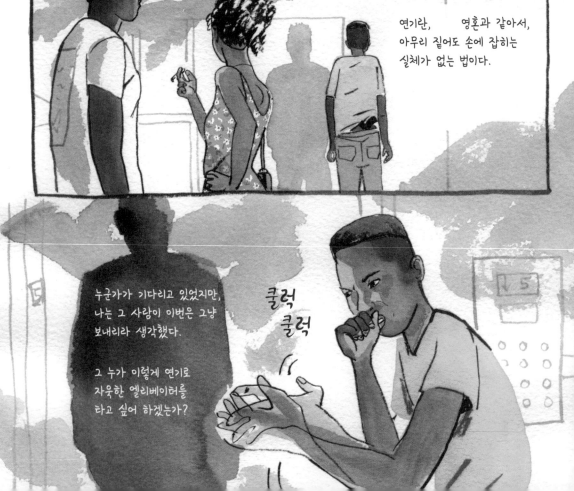

연기란,   영혼과 같아서,
아무리 짙어도 손에 잡히는
실체가 없는 법이다.

누군가가 기다리고 있었지만,
나는 그 사람이 이번은 그냥
보내리라 생각했다.

그 누가 이렇게 연기로
자욱한 엘리베이터를
타고 싶어 하겠는가?

클럭
클럭

우리 집에는
마크 삼촌 사진이
아주 많다.

덩치가 훨씬 작은, 동생인 우리 아빠와
포즈를 취하고 있는 사진.

언제 어디서 카메라를 들이대도

빛이 나는.

숀 형과 닮은.

플래시 불빛을 몰고 다니는.

마크 삼촌에게 얽힌
첫 번째 이야기

삼촌은 엄마, 그러니까
우리 할머니에게서 생일 선물로 받은
비디오카메라를 늘 가지고 다니며
영상을 찍었다.

열여덟 살 생일을 기념해
받은 것이었다.

삼촌의 진짜 꿈은 영화감독이었다.

대본 구상하기:

소년: 미키. 여자의 '여'자도 모르던 청년 미키가 만난다.

소녀: 제시를.

소년: 집주인의 어린 여자친구인.

소녀: 제시는 미키에게 알려 준다.

소년: 남자라면 꼭 알아야 하는 많은 것들을.

소녀: 여자들에게 잘 보이려면 어떻게 해야 하는지.

여자들을 어떻게 대해야 하는지.

소년: 미키는 그렇게 배운 것을 사용한다.

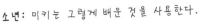

소녀: 제시는 미키와 사랑에 빠지게 된다.

소년: 제시의 남자친구인 집주인은 그 사실을 알게 되고

결국 그를 쫓아낸다.

소녀: 제시도 살던 집에서 쫓겨난다.

그렇게 두 사람은 사랑에 빠졌고,

살 집은 없지만,

함께여서 행복하다.

아이고, 맙소사.

세상에 이 어처구니없는 영화의 출연 배우는?

소년: 미키.
    마크 삼촌의 동생 마이키, 즉 우리 아빠가 맡기로 함.

소녀: 제시.
    당시 마크 삼촌이 사귀던 여자 친구의 여동생 셰리,
    즉 우리 엄마가 맡기로 함.

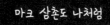

마크 삼촌도 나처럼

그 원칙에 대해

누구보다 잘 알고 있었다.

바로 삼촌이 누군가에게
물려받아

동생인 우리 아빠에게
물려주고

그렇게 숀 형에게
물려지고

그렇게 내게도
물려졌을 테니.

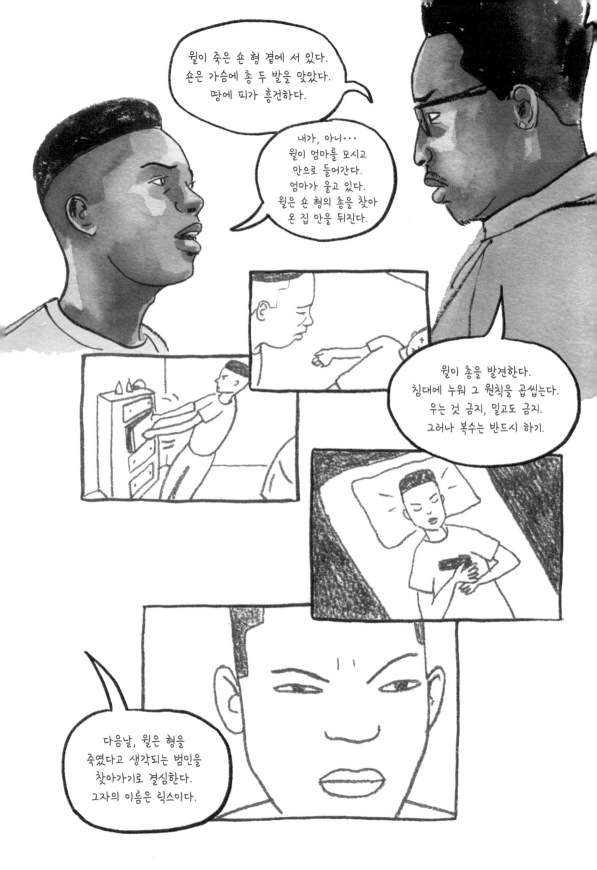

마크 삼촌에게 얽힌 두 번째 이야기

마크 삼촌은 그만 할머니한테 선물로 받은 카메라를 잃어버렸다. 새로 살 만한 돈은 없다.

몇 가지 대안:

할머니한테 다시 사 달라고 조른다. 말하나마나 씨알도 안 먹힐 것이다. 다른 사람한테 훔친다. 그렇지만 삼촌은 땀 흘리는 게 싫다, 고로 죽어라 튀어서 도망가는 일은 안 할 것이다.

일자리를 구한다. 그러나 힘들여 일하는 건 마크 삼촌의 사전에 없는 일이다. 그래서 결국 삼촌은 이 동네 사람들이 많이 하는 일을 택했다.

원래 계획:
딱 하루만 파는 거다.
딱 하루만.

삼촌은 한 시간 만에
새 카메라를 살 수 있는
돈을 벌었다.

그렇지만 어쨌든
그날 밤까지는
계속하기로 결정했다.

그 다음이 어떻게 흘러갔을지는
말 안 해도 다들 알 거라 믿는다.

삼촌은 그 길목에서
그날 하루,

일주일,

한 달을 보냈다.

마크 삼촌은 처음 계획한 대로
카메라만 사서 그 어처구니없는
영화를 찍었어야 했다.

그러나 애석하게도 삼촌은
더 이상 아무것도 찍지 못했다.

그 대신 우리 아빠는···

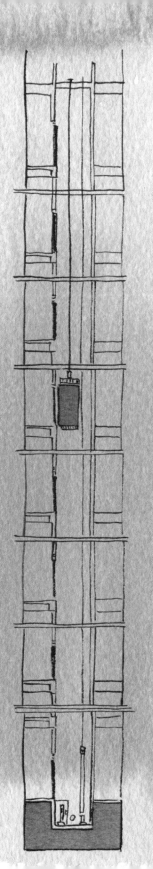

금연구역

CAPACITY 2000 LBS

CITY ID NO. 3P577Q

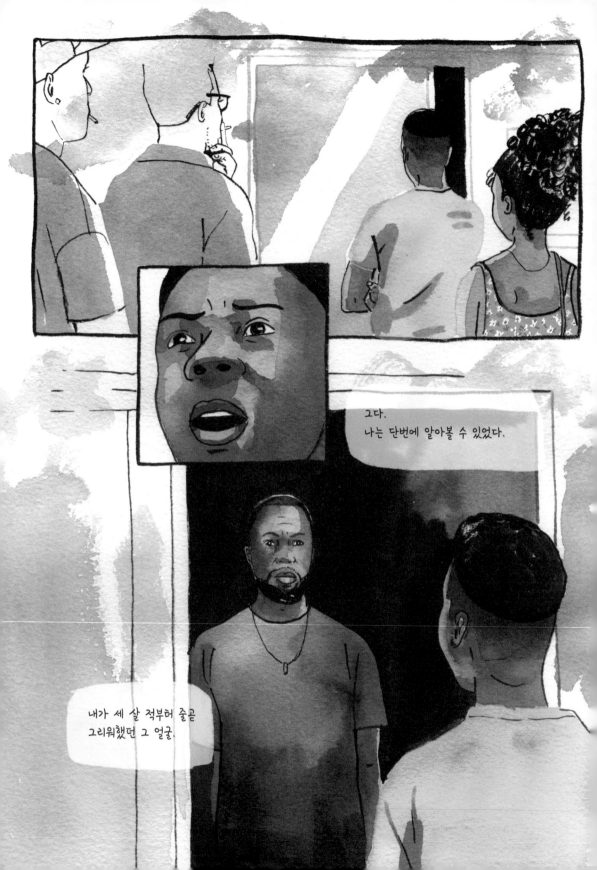

그다.
나는 단번에 알아볼 수 있었다.

내가 세 살 적부터 줄곧
그리워했던 그 얼굴.

마이키 홀로먼.

내 아버지.

단 한 번의 포옹으로
그동안 쌓인 시간의 허물을
모두 벗겨 낼 수 있을까?

굳은 허물,
까진 허물,
짜증나게 거슬리는
마른 점,

피 흘린 상처까지 모두
깨끗이 벗겨 낼 수 있을까?

나에겐 아버지에 대한
기억이 없다.

손 형은 늘 이런저런 일을
이야기해 주면서 나한테
기억나느냐고 물었다.

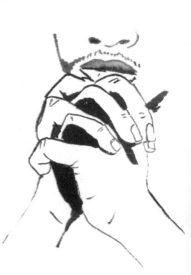

핼러윈 날 마이클 잭슨으로
변장한 아빠와 함께 사탕을
받으러 동네 한 바퀴를
돌고 와서···

이 엘리베이러에 탔을 때,
아빠가 우리 앞에서 문워크
댄스를 보여 주었다고.

손 형은 맹세코
그때 내가 너무 크게 웃다가
그만 방귀를 뀌었다고
말했다.

나는 고작 세 살이었다.
그리고 정말이지,
그런 기억은 나지 않는다.

엄마는 늘 말씀하셨다.
아빠가 돌아가신 건
마음을 너무 심하게
다쳐서라고.

나는 어린 마음에
문자 그대로
아빠가 마음을 다쳤나 보다 하고
생각했다.

부상당한 팔이나
고장 난 장난감,
혹은 삐걱거리는 손 형의 서랍장 가운데 칸처럼.

그렇지만 손 형이 해 준 이야기는 달랐다.

형은 아빠가
삼촌을 살해한 범인을 죽인 일로
보복을 당했다고 했다.

아빠가 공중전화에서 (아마도 엄마와)
통화를 하고 있는데
어떤 남자가 조용히 다가와

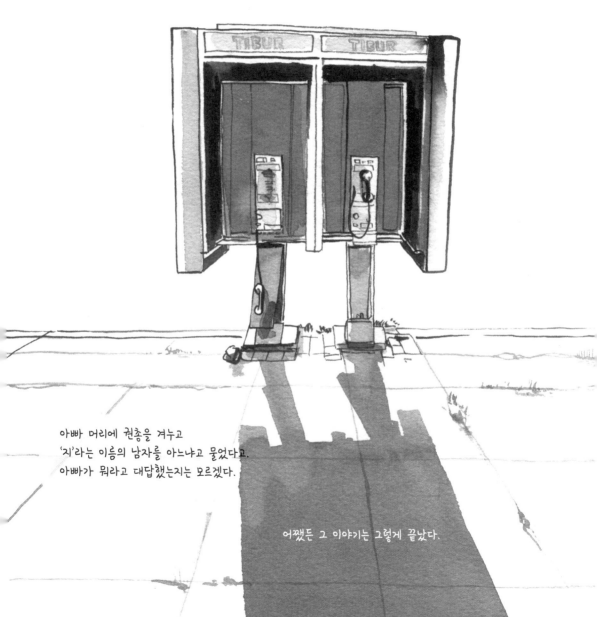

아빠 머리에 권총을 겨누고
'지'라는 이름의 남자를 아느냐고 물었다고.
아빠가 뭐라고 대답했는지는 모르겠다.

어쨌든 그 이야기는 그렇게 끝났다.

그 '무언가'는
바로

엄마가 늘
입버릇처럼 말하던

'어두움'이겠지.

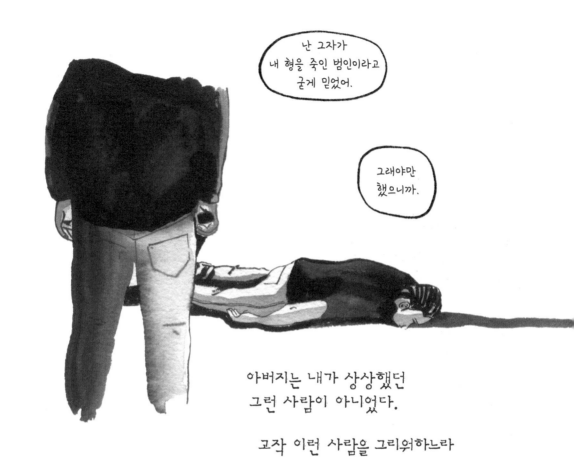

난 그자가
내 형을 죽인 범인이라고
굳게 믿었어.

그래야만
했으니까.

아버지는 내가 상상했던
그런 사람이 아니었다.

고작 이런 사람을 그리워하느라
내 평생을 허비하다니.

나는 실망스러웠다.

아버지는 나를 보고
무슨 생각을 했을까.

상상했던 그대로라고
생각했을지 모른다.

그렇기 때문에
실망했을지도.

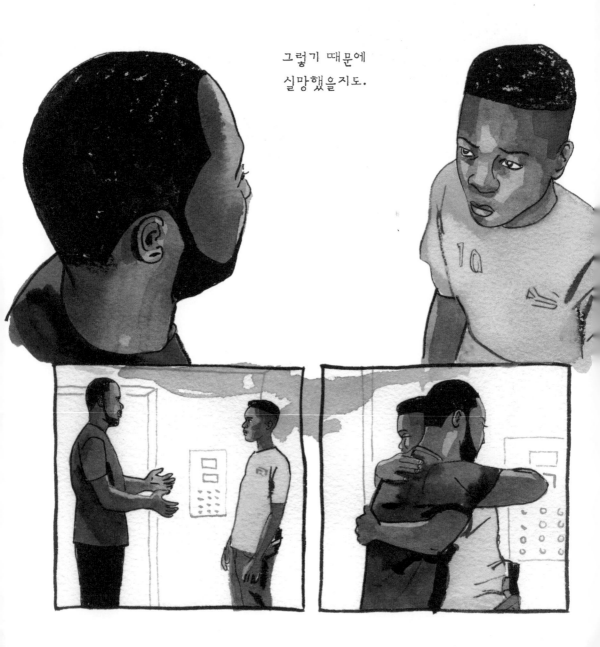

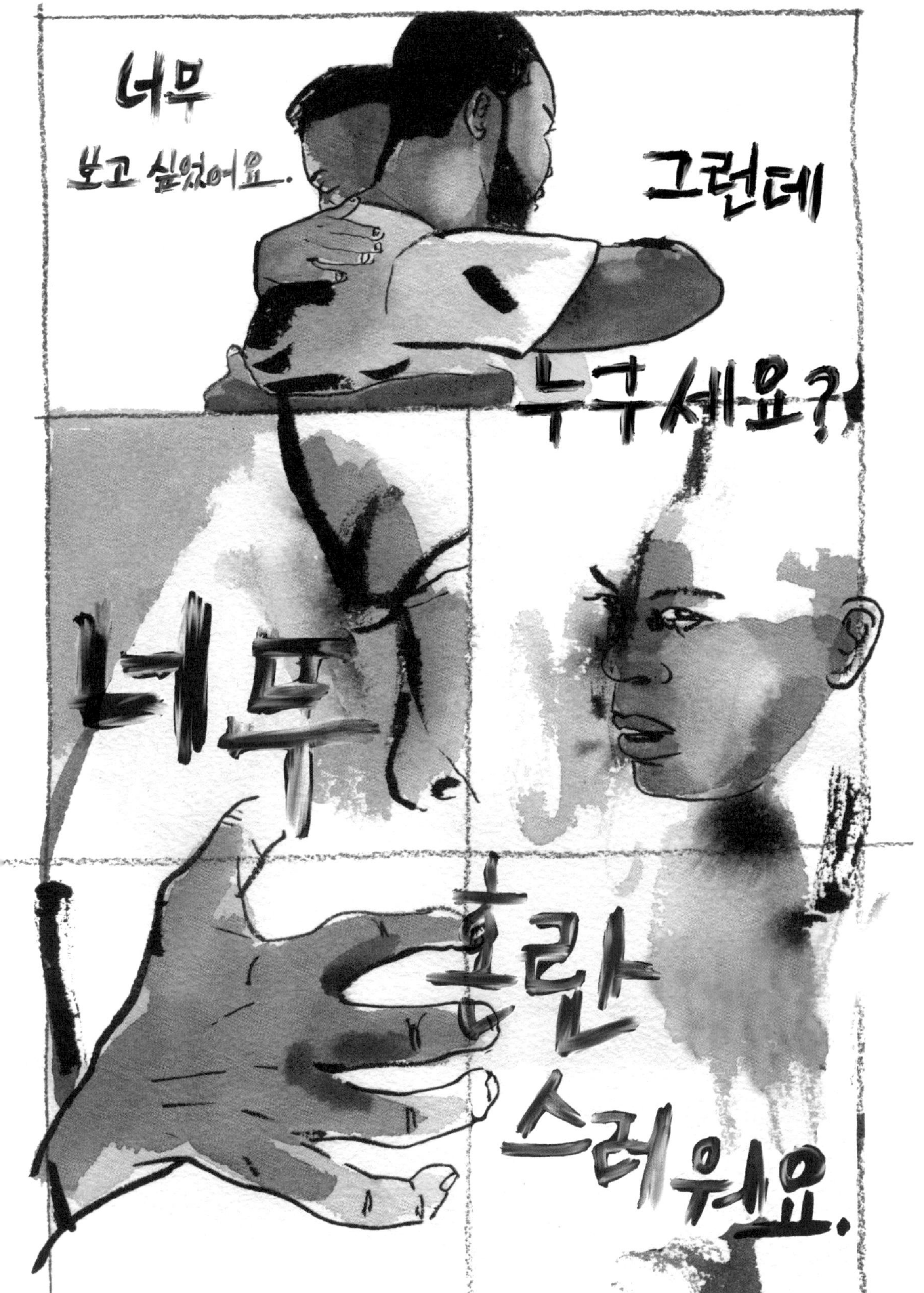
너무
보고 싶었어요.
그런데
누구세요?
너무
혼란
스러워요.

그렇다. 나도 사실 속으로는
아버지가 이 총을 과연 진짜로
쏠 수 있을까 하고 의심하고 있었다.

솔직히 말해 죽은 사람이니까.

그렇지만 조금 전 포옹도 진짜였고,
총도 진짜 총이었다.

저 총 안에 든 총알도
확실히 가짜가 아니다.

진짜 총알이다.

모두 열다섯 발의 총알.
딱 내가 살아온 햇수만큼.

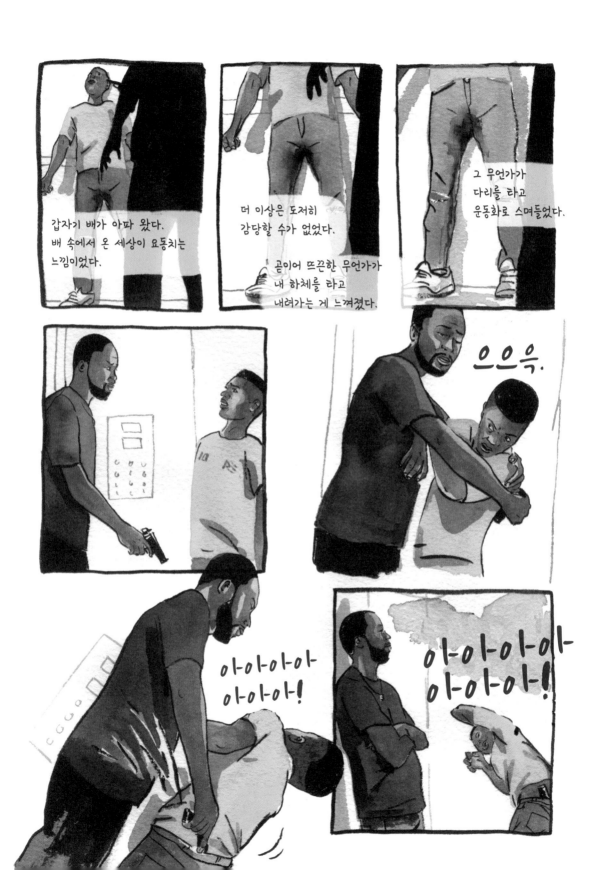

갑자기 배가 아파 왔다.
배 속에서 온 세상이 요동치는
느낌이었다.

더 이상은 도저히
감당할 수가 없었다.

곧이어 뜨끈한 무언가가
내 하체를 타고
내려가는 게 느껴졌다.

그 무언가가
다리를 타고
운동화로 스며들었다.

으으윽.

아아아아
아아아!

아아아아
아아아!

나는 간절히 빌었다.

이 망할 놈의
엘리베이러가 어서
빨리 지상에 가서 닿기를.

이 모든 게
제발 좀
끝나 버리기를.

RIP 벗.
널 영원히 기억할게
으ㅡ쉽히

띵!

으윽.

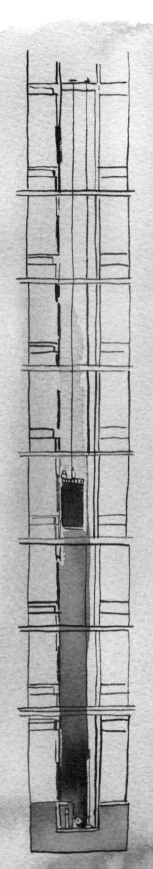

금연구역

CAPACITY 2000 LBS

CITY ID NO. 3P577Q

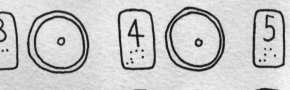

오전 9시 8분 32초

모르는 사람이다.

보통 사람인가.

여기 있는 누구도 알아보지
못하는 눈치이다.

죽은 사람도 아니고
살아 있는 송장도 아니고
담배 연기도 없다.

멀쩡하다.

벅 형에게는 이중적인 면이 공존했다.
각각 친부와 양부에게서 물려받은.

벅 형을 길러 준 새아버지는 누구도 두려워하지
않으며, 누구든 도움이 필요한 사람이 있으면 함께
기도하고 도와주던 교회 목사님이셨다.

반면에 벅 형에게는 친아버지의 피가
흘렀다. 손에 잡히기만 했다면 세상에서
공기마저 훔쳐 달아났을 은행 강도.

사람들은 늘 말했다. 벽 형이 아무리
훌륭한 가정교육을 받아도 애초에 타고난
핏줄은 어쩔 수 없을 거라고.

거기에 우리 엄마가 늘 말하던 '어두움'이
한몫 더했겠지.

모든 가르침을 무력화시키고, 손에 총을
쥐게 하고, 뱃속을 부글부글 끓어오르게
만들고, 마음속 칼날을 갈게 하는 그것.

그러나 처음부터 그렇게 시작된 건 아니다.
처음엔 벅 형도 그저 풋내기 양아치일 뿐이었다.
길모퉁이에서 잔돈 꾸러미나 주고받던.

그러던 것이, 진부하게 들리겠지만,
우리 아빠가 총에 맞아 죽은 뒤
벅 형이 숀 형의 큰형이 되면서

변두리 동네를 돌아다니며
강도질에 조금씩 손을 대더니

어느새 (엄청난) 돈과
(값비싼) 운동화와
(최고급) 보석의 맛을 알게 된 것.

다시 뜨릭 이야기로 돌아가서···
난 이 사람이 바로 벅 형을
죽인 사람이라는 말에
큰 충격을 받았다.

그래, 맞아.
이자가 그자야.

숀이 얘기
안 해 주던?

숀 형은 벅 형이
총에 맞아서 죽었고,
그 범인이 누군지 안다고만
말했어요.

누구 짓인지
알고 있어.

뚝뚝!

경찰입니다!
안에 계십니까?

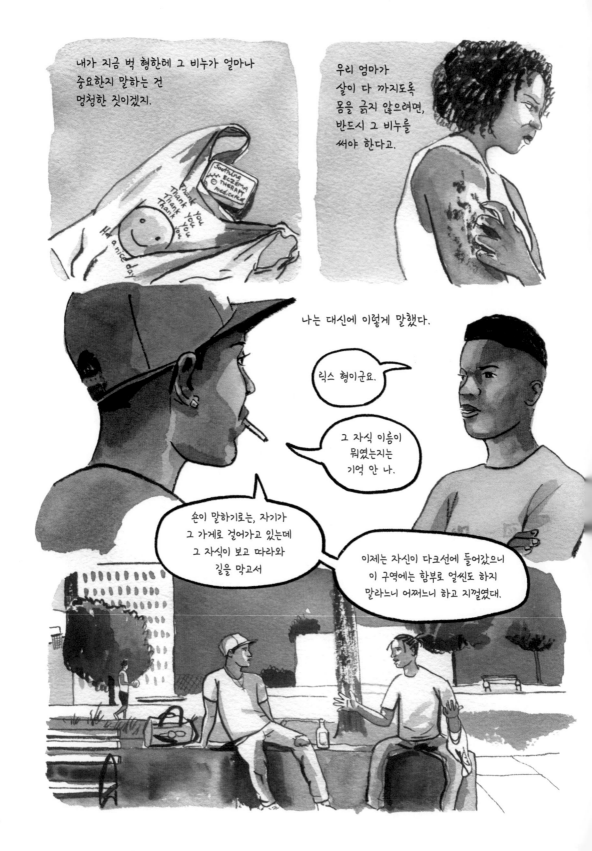

첫째: 본거지

우리가 사는 건물에서
아홉 블록 떨어진 구역

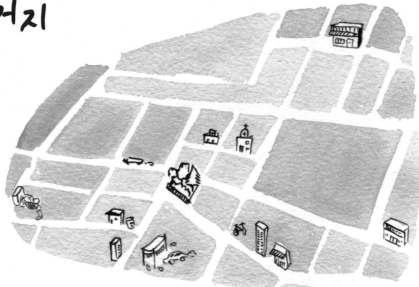

둘째: 훈장

오른쪽 눈 밑에 새기는
담배빵 자국

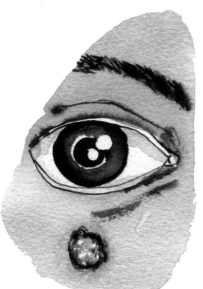

셋째: 비행

누군가를 약탈하거나,
때려눕히거나,
그보다 최악은

살인을 하거나

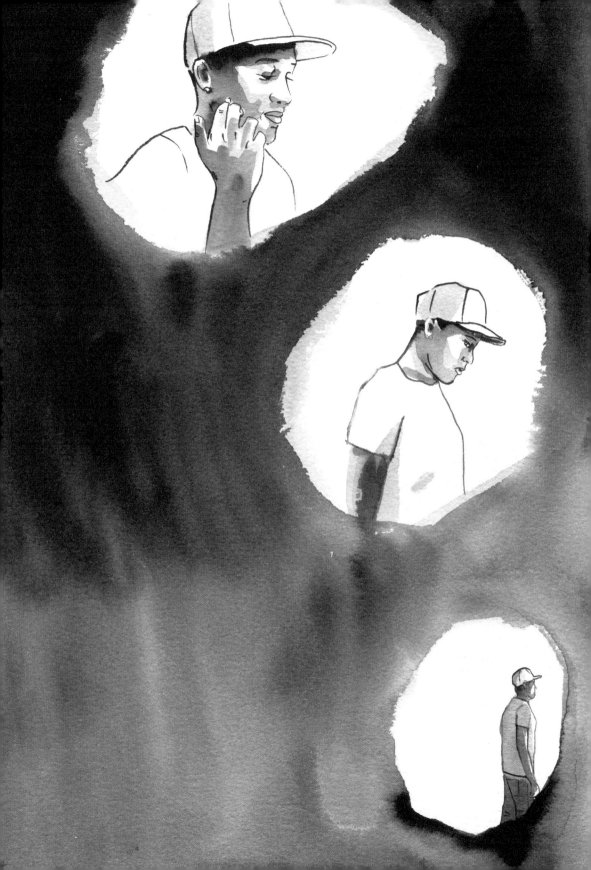

하!

숀이 그 말을 들었으면 바로 이 중지를 날렸겠군!

이 사람이 벅 형을 죽인 범인이라는 걸 숀 형은 어떻게 알았던 거예요?

그날 그 광장에 우리 말고 딱 한 사람이 더 있었거든.

쉴 새 없이 계속 뛰어다니며 덩크슛 연습을 하던, 아마 뭘, 네가 아는 아이일 걸.

토니다.

토니는 단순히 슛 연습을 하던 게 아니었을 거다. 토니가 시도한 것은

높이 날아오르기.

토니가 입을 연 것은 밀고와는 성격이 다르다.
밀고는 짭새들한테 쓸데없는 말을
놀리는 것이지만,
토니가 침묵을 깬 것은 의리의
표현이자 선언이다.

이곳에 사는 동료 흑인들에 대한
동맹의 서약이자, 어떻게든
더 크게 되기 위한 시도이자 도약이다.

반사된 벽면에 프릭의 모습은 보이지 않는다.
이 안에 있는 다른 누구의 모습도 보이지 않는다.

단지 내 모습뿐이다.

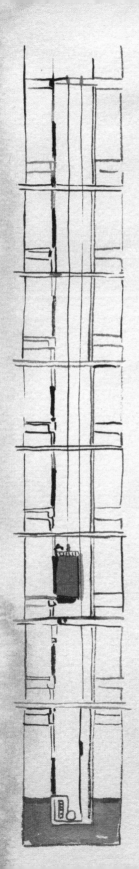

금연구역

CAPACITY 2000 LBS

CITY ID NO. 3P577Q

이제 거의 다 왔다.

빨리 좀.

허허.

조카, 너는 감방에 가면
절대로 살아남지 못해.

한 층만
더 가면 된다.

오전 9시 9분 7초

그러면 이 바보 같은

강철 감옥으로부터

해방이다.

선 채로
갇혀 버린 관.

어렸을 때 난 우리 아파트 주위에서
일부러 이상한 소리를 내며
숀 형 꽁무니를 졸졸 따라다니곤 했다.

마치 트림과 하품과
콧소리가 한데
섞인 듯한.

그것도 20분 동안이나
쉬지 않고 계속해서.

그러면 형은 나를 벌주려고
내가 지쳐 떨어질 때까지
잠자코 기다렸다.

그러고 나선 놀랍게도
그날이 다 갈 때까지 나한테 말 한마디 없이
침묵으로 일관했다.

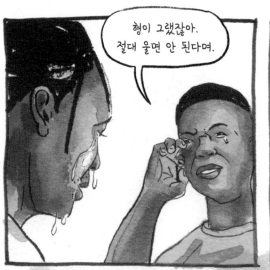

살아 있는 동안은 절대로
흘려서는 안 되었던 눈물로
범벅이 된 얼굴이었지만,

그 얼굴은 여전히 내가
그 누구보다 사랑하고 아끼는
내 형의 얼굴이었다.

세상에서 가장 소중한,
내 유일한.

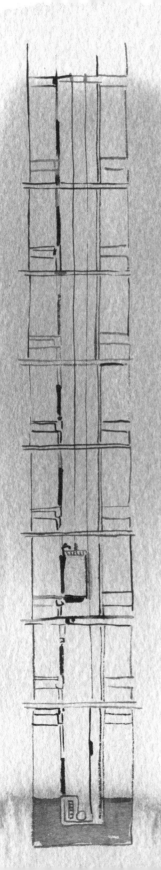

금연구역

CAPACITY 2000 LBS

CITY ID NO. 3P577Q

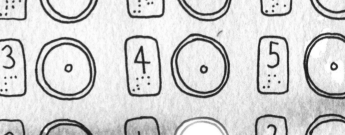

다섯 개의 담뱃불.
숀 형의 것만은 아직 밝혀지지 않았다.

숀 형의 그 마지막 담뱃불은
내 배 속에서 타고 있는
느낌이었다.

내 배 속을 가득 채운
얼얼하고 뜨거운 그 열기.

오전 9시 9분 9초

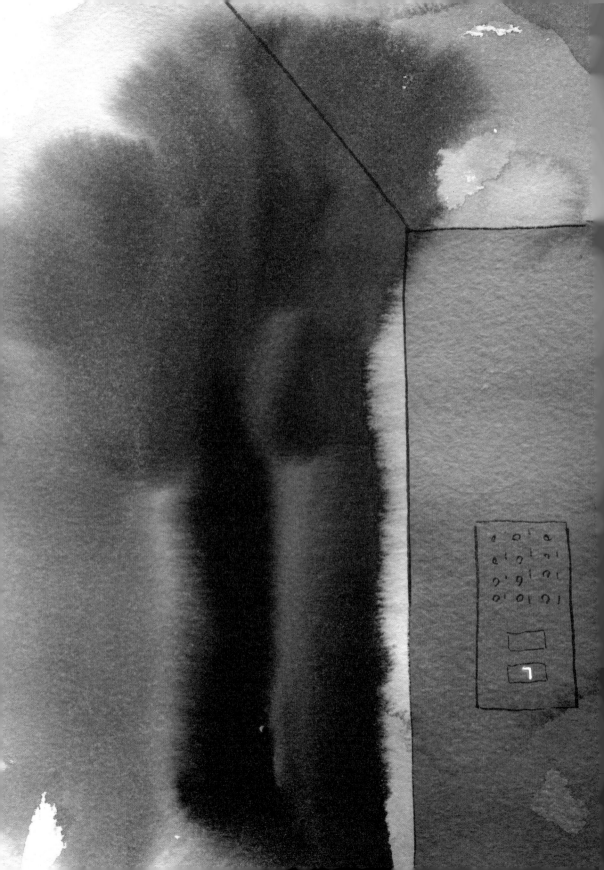

제이슨 레이놀즈는 여러 상을 받았고, 숱한 장소에 갔으며, 많은 젊은이들과 젊은이를 사랑하는 나이든 사람들을 만났다. 그래서 제이슨 레이놀즈는… 낮잠이 필요하다. 하지만 갈 곳이 아직도 너무 많은데, 어떻게 쉴 수가 있을까?『롱 웨이 다운』처럼 상실·두려움·분노에 관한 이야기가 여전히 현실에 흔하고, 이 책의 예술만큼 아름답지 않은데, 어떻게 쉴 수가 있을까? 그가 아직 당신을 만나지 않았는데, 어떻게 쉴 수가 있을까? 그의 대표작 중 하나인『롱 웨이 다운』은 에드거 상·뉴베리 상·프린츠 상·코레타 스콧 킹 상·월터 상 등을 수상한 최고의 영어덜트소설로 대니카 노프고로도프와의 컬래버레이션을 통해 그래픽노블로 재탄생했으며, 영화화를 앞두고 있다. jasonwritesbooks.com을 방문하면 그를 만날 수 있다.

대니카 노프고로도프는 그림 그리기, 축구하기, 아이스크림 먹기, 이야기 읽기, 이야기 쓰기, 그리고『롱 웨이 다운』과 같은 훌륭한 이야기들을 그래픽노블로 각색하는 것을 좋아한다. 뉴욕 브루클린과 켄터키주 루이빌 출신이며, 이 책은 그녀의 다섯 번째 그래픽노블이다. danicanovgorodoff. com에서 그녀를 찾을 수 있다.

전하림은 한국교원대학교 영어교육과와 호주 맥쿼리 통번역대학원을 졸업한 뒤, 번역문학가로 활동하고 있다. 옮긴 책으로『빈센트 그리고 테오』『패션 플래닛』『파피』『작가들과 반려동물의 사생활』『퀸 오브 더 시』『롱 웨이 다운』등이 있다.